JN115627

# 水衣集

日高堯子
歌集

砂子屋書房

＊目　次

## I　草隠れ　二〇一九年

## III　草衣・水衣　二〇二一年

装本・倉本　修

歌集

# 水衣集

みづごろもしふ

「父母に捧ぐ」

# I

## 草隠れ

二〇一九年

## わすれぞめ

小春日のなかに石蕗（つは）が咲いてをり母は死んだ
り生きかへつたり

妙薬のあらざるこの世　くれなゐの色しづか
なるさふらんの蕊

歳月や　母の身体にほのぼのと老いたるちぶ
さ老いたるおなか

しろたへののし餅いちまいほの甘く自転車の
籠にかをらせ帰る

親椀にましろの餅がしづもれば味噌がかをれ
る今日の元旦

いのち老いて母はさびしい縫ひぐるみ　さは
つてほしいさはつてほしい

母はただわが肉にしてかかへ抱（だ）くとき底（そこひ）なく
母とつながる

人の死をわすれ、わすれ、生きてゆくことし
の春のわが忘初（わすれぞめ）

匙

冬枯れのにほひ充ちたる今日の雪いのちの匙
を母にはこびぬ

ごはんたべる？　ときけばにつこりする母は
ふたたび重湯のやうな眠りに

とろとろとお粥をはこぶ　木の匙が肉身（しし）やは
らかき母には似あふ

茂吉の歌かなしかりけり子燕の口する母にお
粥はこびて

便座より立ちあがる力なきしばしそこにて母
にミルクを飲ます

雨戸引くむかうは春のしののめのまだ光ある
スーパームーン

大根の母をたづねて

スーパーに買ひきし春の七草のちさきすずしろことさらかなし

大根の母をたづねて野に出づれば飛鳥のごとく冬雲はしる

おむすびころりん落ちゆく穴を隠したる枯野

あかるし着ぶくれて行く

絶滅の七草さがしにゆかむかな母のをさなき
手と足つれて

七草をゆつくりきざむふくふくと土鍋の飯(いひ)の
吹きあがるまで

心臓に水がたまりてあへぎゐる母を抱きて沈む暁闇

「ここにゐて、ここに」と一人を淋しがる母よここからゐなくなるのはあなた

人はみな寂しいと母に西行の歌きかせゐるわ
がおろかしさ

息あらく死にゆく母の傍らに歌つくるわれを
許したまへ

蝶の写真集見つつ眠れば蝶になるねむりの中
にも死が蔓延す

山の上に人肌色の月が照る今宵は猪（しし）が都市を
襲はむ

## すれすれ

川が見たい　ゆっくりと水をよこたへて息づ
きふかくながれる川が

冬の川音をたてずにくだりゆく若き笹竹のみこみながら

川肌のさむざむとして夢よりも深きところへ流れてゐたり

片側すでに翳りてゐたる川の面すれすれすれに飛
ぶすれすれに鳥が

川砂のさびしき水際を見おろして鴉ゐる木を
われは見てをり

雲低し　むかう岸辺に椿みえことしの母はら

いねんをらず

## 早春賦

うす雪が地上をおほふ暁(あけ)の道車駆り行く母を
死なせに

お母さんずつと好きでしたささやけば薄目を
ひらき「そかしら？」といふ

＊「そうかしら」の母の言い癖

裏庭の冬竹群を抜けいでて川を見下ろすわづ
かな光を

風がきてさらさら川をわたるとき水が光れり
春とおもひぬ

かなしみはさびしさよりもあたたかし蕗の薹
三つ野辺のはじまり

生きてゐることはよろこび春鳥が声尻(こゑじり)ひきて
飛んでゆきたり

草も土もやはらかければ坐りたりいぬふぐり
咲きここはわが秘所

問はればくちごもりながらも言ふだらう
はじまりは土、土と草むら

ことばから子音が消えて母音のみ　ベッドよ
り衰弱の母の呼ぶ声

老い床（どこ）にながれてゐたりけり椿があかく
咲きゐたりけり

縁の下のはくびしんも天井のねずみも今宵は
しづかな病間

譫言のふえてきし母ふいにくつきりと「をとこどもはなまいき」といふ

ストーブのぬくさに出できし亀虫が枕よこぎるそのみごとな臭さ

命とは、身体でもなく、魂でもなく

いのちといふ粘着質のいきものがぼろぼろの
身体をまだ死なしめず

冷えきつた寒の座敷のひとところ蠟燭ともし
分身が立つ

さしのべる腕が木のやうに硬くなり直（ちよく）になり
しとき母亡くなりぬ

昨夜つくりし小鍋のお粥ひつそりと母死にし
後のわたしが食べる

母といふむなぐるしきものの永遠に喪ひたりし
のち雨が降る

庭石の根もとに咲けるしだれ梅むかしかたぎ
の葬礼が過ぐ

火葬場は川のほとり

母の写真抱いて越えしは落合川ちよろちよろ
汚い水もかなしい

杖をつく母の足音　裏藪の風音　ともに焼い
てしまつた

空のぼる火葬の煙みてゐたる夫の思ひははるばるとゆく

呼ぶ声をうしなひたりし朝の耳潮騒ににた耳鳴りが濃し

ふふと母のふくみわらひがながれゆく　よみ
がへりこよ空も時間も

今日いくど掌をあはせしか掌のなかの見えな
い蝶に息吹きかけて

## 空の族

ふと馬車が走つてこぬか土けむりたちのぼる
空に雲雀鳴くなり

ひばりひばり曇天ふかく突き刺さりじゆくじゆくと鳴く雲の下ゆく

百歳にて死にける母はさらさらと空の族となり春をはる

失語症の春なり身体の奥ふかく黴のやうに死が沈着し

「日本人の質問」を毎週生真面目にノートしてある母がかなしさ

＊テレビ放送の番組名

晩年は陽気な質（たち）となりし母中心のない水紋の
やうに

襤褸のごとき母なればなほケイタイにのこる
末期の母を消しえず

さくらばなひかりに褪せて空へ落つ姥捨ありし日本の国花

はつなつのうつぎうのはな

はつなつのうつぎうのはな　これの世を過ぎ
て跡なしわれのちちはは

あぢさゐを終日小蝶ちりめぐる若夏にして羽
化しきりなり

塀垣をこえくる蔓の毛深くて葛あはれなり野（の）
女（をんな）のやう

梅の実を嚙めば遠き日透くみえて　母よこの
世は片空(かたそら)の雨

耳のなかにわれの記憶は引きこもりある夜は
流星群をふらせる

牛蛙鳴くかとめざめる真夜中を高速道の轟音
うねる

時計みれば午前二時　風の音がして身体に夜
半の草叢さわぐ

高速道のコンクリート壁をたちまちに葛這ひ
のぼりまつよひ草さく

## 不忍

不忍の池の蓮（はちす）はまだ枯れて弁財天の祠あかるし

朱鳥居（あか）　弁財天の緑屋根　しりへにそそる上野ビル群

ぼたん桜見上げて不忍を記憶する褐色の人黄色のわれ

いまどこ？　いまどこ？　とスマホに呼びかける行方不明の声のをちこち

ぼたん桜ぼつてり重し　生きてゐる証拠の写真を写してゐたり

遠足に行きたし　赤白布帽子ならんで古き写
真のやうに

噴水のきらめきのぼるかたはらに海苔むすび
食むしぶきもろとも

崎陽軒のシウマイ弁当のしやう油入れ　春は
さびしよふくべのかたち

手を引いていざなひくれし夏の樹下　手のし
たしさは女ともだち

えごの樹下素肌ならべて座りたり少女小説の
挿絵のやうに

ぺんぺん草が風に揺れをり老いらくの蕪村の
恋のうらなつかしき

雨籠る人のけはひのあらずしてブルーシート
を這ふかたつむり

どくだみの匂ひとれぬ手古びたる生命線に夏
がきてをり

# 山の蝶

六月なかば、前登志夫の墓に詣でる。前登志夫の死後すでに十一年、ようやくわたしはその機会をもつことができたのである。訪れた墓所は、不思議な山中の墓所であった。山の中腹を伐り開いた前家一族のみのその墓所は、通常の墓の風景とは無縁であって、折からの初夏の光ばかりがさんさんと降り注いでいた。周囲はただ槇の樹と連なる山々と空。

まったく無音のその空間に、黄蝶が二つしきりに舞っていた。

のぼり来ぬれば山の上の塋(はか)は夏の陽にふたひらの蝶がたはむれやまず

槇山の暗きがなかのひとところ光の穴のごとき塋なり

はつ夏の光の間よりこぼれ出た黄の蝶ふたつ
すきとほり飛ぶ

ペットボトルの水をそそげばきらめきて墓石
は五つ　ひとつはをとめ

しづかさはひとつの言葉　墓石に手を触れる
など山が言ひたり

さらさらとからみては離れ蝶ふたつ　いかな
幻も拒むしづけさ

夏の塋あまりあかるければ恋ふ　死して無声の蝶となること

三人してただみつめをり蝶と蝶はららぎやまぬ山塋の昼

夏雲が来てゆつくりと去るまでを塋もわれらも青翳りせり

まぼろしの花冠のごとき山中墓所わが去りしのちはまた閉ぢられむ

人去りしのちの山塋わか鹿が供花のささゆり
食ひにくるとふ

死者の生家をおとづれきたる山の蝶暗くなる
まへに帰りゆきたり

大山蓮華蕊あかく咲き　この夕べ生きてわれらは花をかこみぬ

## 司書

かつてわれ図書館員でありし頃書物に眼光と
いふものありき

冷えきつた書庫に無言で生きつづく面魂(つらだましひ)の書
籍知りにき

新刊の本をまつさきに読む至福　紙の匂ひを
指に切りつつ

気に入りの本は禁帯出にして秘めき拗ねもの
司書でわれはありしか

レオノール・フィニの画集に逢ひにゆく天窓
のひかり虹いろの時

ラプンツェルの閉ぢこめられし塔に似て書庫棟の窓は高く、雲遠し

老年のわがために買ひし絵本あまた　ああホフマン、美しき異界

＊フェリクス・ホフマン　絵本画家

終活はじむ

はがしたる付箋の山はこなごなの虹のやうなり　蔵書処分す

本に記した線引きを消す夫の匂ひ消す　あたらしくまた読まれむために

消しきれぬほどの線引きありたればこの本の山捨てるほかなし

頁くる音とぎるれば天窓の曇りの中より夏鴉のこゑ

片づけに来てそのまま書室に座りこむ和綴ぢの地図に日がながれくる

夫のあつめし書物の中に、あかねさす宮沢り
えヌード写真集あり

おもはずも開いてみたるヌード集　着てゐる
もの剝ぐ、剝ぐ、罪ふかし

すひかづらからむ裸身のかがやきに眩(くら)くらと
してわれを忘れぬ

こんなにもしなひかがやくこんなにも夏陽に
ひかる裸身とをとめ

五山堂古書店店主おもたせのカステラ食べあ
ふ昼のけどほさ

三、四日本にうづもれ疲れ果つ　雨ふりて見
ゆ遠い合歓の木

さし出すはわたしの歌集　撃ち殺した兎の毛
皮見せるごとくに

# 嵐

九月九日、台風十五号が千葉県を通り過ぎた。房総半島はとくに大風による被害が大きく、停電、断水、道路封鎖、列車不通が長く続いた。無人の生家の木が倒れていないか気がかりで、なんとか行かねばと翌々日やっと車に乗ったが、いたるところ木が倒れ、道が塞がる。遠回り、遠回りでようやく着いた生家の、倒木がこれまた凄まじかった。

わたつみを渡り吹きくる大風に身を揺るがし
て樹が炎立つ

大風に折れ倒れゆく椎樹より一千の鳥飛び立
ちゆきぬ

知るかぎりの鳥の名前を呼びにけりくれなゐの声みづいろの声

地上もつとも大き生き物であると知る　古木倒れて湖（うみ）なす枝葉

風の暴力　雨の暴力のただなかに　うう、白
茸のごときわれなり

梟の棲みかでありし椎老樹ほろびて梟の声も
ほろびぬ

嵐晴れてぬりかはる空　遠浅の砂のにほひが
かすかにしたり

## 水浴の鳥

眼にははるか朝の海原ひろげたり電子レンジ
のチンといふまで

冷凍魚レンジに温めたりしかど怪（け）しき物体となり蘇る

こんなものを食べても生きてゆくのかと死魚の無残な姿みてをり

山鳩が水浴びてをりひつそりと見てゐてふいにつよく動悸す

片羽をひらきて水を打ちはじく鳥の水浴は木洩れ陽のなか

しろたへの生き肌をもつ女性たち　クラナッハ描く女体のひかり

麦秋のをはりし畑のあかるさに落穂ひろひの鴉二、三羽

生命の日暮れをみつめすぎたるか夏のをはりのわが麦粒腫

淋しくて草になりし人の譚ひめむかしよもぎを刈るたび思ふ

考へる管

朱いろのわが大腸の内壁をぶきみな地下洞の
やうに見てをり

苞一枚つるりとひらきしろたへの海芋(カラー)の花に
内臓はなし

消化管となりきりて伏す肉体のあはれを深く
内視鏡のぞく

海星やら海牛やらがひつそりとわれの臓腑に
生きをるごとし

人間は考へる管だといふ内視鏡なまなまと管
さかのぼる

彼岸花一茎が見ゆあでやかな花びら六片雄しべ六本

# II

## 雨と百鳥　二〇二〇年

## 餅と池

喪の家はことさらしづか正月の扉入りくるも
の光のみ

つはぶきの花の金箔ゆれてをり老年といふ夢
境のほとり

熱のある文字が読みたし　たまきはるいのち
濃き冬の光のなかで

胡蝶蘭さいごの花の朽ちしのち死者を目守りゐし針金ひかる

みな餅が好きだつたなあと思ひ出づ切り餅のにほひは手紙のごとし

いとこ　はとこ　どこか遠縁の女の子までまるく火鉢の餅をみつめき

積み上がる米俵をのぼりくだりして鼠と子供おほき時代すぎぬ

弱りたる胃にさらさらとしろき粥われの身体
は米をわすれず

孤立貧といふ柳田國男の言葉思ふ　つながる
人をもたぬ貧しさ

ショートメール打てば瞬時に返事くるこの速
度にも貧しさあらむ

老年にどんな生活をゆめみしか　モネの花庭
が揺り椅子にゆれ

『モネが創った庭』にあふれる花群と青い池
見つつねむつてしまふ

*写真集

*

褐色の冬羽の鴨がたむろして池あたたかし
母は死ねども

今日いく人寄りきて覗いたことだらう苔色の
池の底(そこひ)や影を

一匹の暗色の魚がすりぬけてゆきたり午後の
池はもの思(も)ふ

液体のやうなわらひごゑの流れきてしばらく
ゆるる池の面は

鯰がゐるぞと暗い池をのぞきこむ四、五人あかい夕暮れの中

池の面を割つてあらはれたりし声　鳥のかたちの声が空ゆく

立ち去つたあまたの人の想念の犇めきてゐる
睡蓮の池

月出でて音の輪郭消しにけりしろがねの池わ
たれるやうな

田原坂

おぼぼしき不眠の闇を「田原坂（たばるざか）」の歌ながれ
くるラジオ深夜便より

思ひきや涙ながせるわれがあり「田原坂」に
こもる深き怨みに

〈雨は降る降る〉――さう雨の夜深くいさか
ひきわが父と母とが

田原坂はわたしにもある

〈右手（めて）に血刀（ちがたな）〉ききつつ思（も）へば今生の直刃（すぐは）
乱刃（みだれば）　皆焼（ひたつら）　湾刃（のたれ）

死んだらば胸に置けと黒鞘の小刀をくれし遊
びのごとく

空箱のやうな身体に夜が沁みて――人生はたぶん空しくあらず

遠い地に落葉焚きゐる亡き父のしろい煙をわれは見てゐる

ぼんやりと暮らしてをると見てをらむ今年も
椿は鮮血淋漓

二月ちかづく

一周忌ちかづく二月　母なくてカメオの白き
横顔の人

母の死にし二月十九日暁闇の大き黄の月をわれ忘れえず

命終の母より出でしもののごと暁闇の空の大き月輪

これの世を離れてゆける母ありて二月深更紅梅黒し

白鳥か雁か一羽毛(はね)はるばると羽毛布団よりしみ出て床(ゆか)に

羽毛布団にくるみくるめど死にちかき母あたたまらずあたたまらざりき

花はまだ、骨もつめたくほぐれねど今日は逢はむよ手袋をして

朝靄の角をまがつて来た人のマスクの中のことばが甘し

コロナウイルス恐れつつ来て浅草の人群の吐く幻に酔ふ

待つ人は鳥打帽かぶり浅草の活動写真弁士の
碑の前

徳川夢声よみがへりくる声と節あるかなきか
に浅草ロック

## 山水

地平からせり上がつてくるしののめの雲はも
もいろひとはだの色

西空はまだ暗けれどまぎれなき三角形の影ぞ
暁富士

明け暗れのスカイツリーにはじめての太陽光
が射すはかなしき

崩壊は三十年のうちに来るといふ昧爽の首都
靄にしづめる

頭のなかをほとばしる水　きさらぎは切刃（きりは）す
るどき水のこゑ恋ふ

下毛野くだりてゆけばきさらぎや遠く、近く
に鬼怒川が添ひ

鬼怒川のもとの名絹川しらしらと春はうすぎ
ぬひかりてながる

怖ろしき名をたまはれば名にし負ふ悪鬼鬼怒
川人界襲ふ

未経験の豪雨ありて

生皮を剝ぐごとく地を叩き降る暴雨を見たり
この夏と秋

未知　狂雨　原初か未来かわからない暴雨が
山を打ち拉ぎゆく

わづかなる罅より奔り出した水　巨大洪水の
沈黙見たり

禹王は治水の王

むかし中国に禹王あり　大力の熊となり洪水
を押し止めたり

しかし

禹王にも妻がありたり　妻なれば熊となりた
る夫をかなしむ

われかつて鳶山(とんびやま)大崩落地を見にゆけり蛇崩(じゃくづ)れの地膚、岩と夏草

「どうしようもなく脆い地というものあるんです」立山砂防工事事務所長言ひき

崩れきてそこに止まりし大岩を蝶がいとしむ
わたしは蝶だ

崩れやら廃墟やらに魅きつけられてゆくわれ
とわが心　春はさみしい

早春の銀座に来たり　百貨店に彩うつくしき
惣菜を買ふ

京橋の国立映画アーカイブ雨の中きて阪妻に
あふ

「イントレランス」をここで観たりき京橋に
ありしテアトル東京館なし

地下駅に降りゆけばしんと耳が鳴る　遠い氷
河の崩るる音か

森のない地下都市はさみしけれときをり影の
狸がよぎる

すまなさうに鼻を尖らす白鼻心影より出でて
雨に濡れたり

青みそめたる草生ひからせこの雨は裸足の雨
ときききてゐたりき

日本人の原郷として襖絵の山水にほのぼのと
春雨がふる

雨あがる　背中の翅もにじいろにふるへはじ
めき薄羽かげろふ

春鳥のこゑがきらめく　戸をあけよ〈時〉の
先祖がわれを待ちゐる

## 春猫

あるじなき春をはびこる黄連翹らつぱすいせん死者の宴のやうな

棲む人のなくなりし家の夜にきてわおおお
わおおおと春猫が鳴く

水仙の葉の群とほりぬけながらふと花を嗅ぐ
白い牝猫

愛しすぎて死なしてしまつたわが猫の毛膚の
にほひよみがへりくる

猫はふとメランコリーになることあり草むら
の奥へ行きて帰らず

エプロンのポケットに子猫を入れてゐし母を
おもへばわらひこみあぐ

新型ウイルス現世に蔓延すといへど仏壇の母
あかるく笑ふ

血のつながりは死のつながりか生家なる猫百
匹がわたしをみつむ

すずめ

草の間の石ころの上にとまりゐるすずめ小さし影をもたざり

曇る日のすずめを呼べばおりてくるもつとも
近き亡き人つれて

首すぢの白羽うつくし春すずめ蓬の草間をち
らちら動く

むかうむけばたちまち風景の中に消ゆブロック色のすずめの背中

すずめすずめ群がりおりてささめけり　ここは死者のゐない土地（ところ）だ

たんぽぽの穂絮めざしておりてきしすずめひ
つそり羽たたみ立つ

雨覆羽(あまおほひ)すこし広げて干してゐるすずめむきむ
きに風の裏にて

百鳥

霙から雪にかはりてひよどりの逆毛の頭にあはゆきつもる

咲きにほふ紅梅大樹は目白らにいかなる桃源郷とみゆるか

ひよどりはバサバサと来てバサバサと去りたり　かういふ友人もゐき

木枯といふ名の名刀ありしかなあるいは小烏（こがらす）
丸（まる）とつたはる

山水図見てゐる夫のしづかなる背後ほがらに
うぐひすの鳴く

究極の夢として邃き山水の図の中を行く人間(ひと)は塵のごとくに

山水図に女の香なしと茂吉いふ老いたる女のわれはわらへり

百鳥（ひゃくてう）のこゑこだまする谷川に洗濯をする山姥は棲めり

芹あをく水辺に生ふればそを摘みて飯炊きながくながく生ききし

わびすけ椿うつむき咲ける日から日へわたし
の中に膨れゆく死者

さきの世は歌びとでしたと屋根に来て鴉かた
らば怖ろしからむ

老者に魂を

亡き父の入院しをりし病室に父そつくりの叔父を見舞ひぬ

少女われのひそかな思慕をよせてゐし叔父なり浮腫むその手をにぎる

眠ればまつすぐにどこかへ落ちてゆく老者に魂を返してください

ざんこくな儀式のやうだ　残んの日々ひかりの床に叔父乾びゆく

病室のむかうひろがる菜畑のあさき黄色はなにをとぶらふ

ふりかへる月日の果ての花ばたけ野光りする
は金盞花なり

鋸山の石切り場よりともに見き　早春の海き
らら果てなし

人を思ふこころが今日のわれを支ふ　崖の水
仙みな海をむく

## 水瓶

くまもなく晴れて汚れた世界だから黒いマスクをして夏を行く

疫病をはこべる空のはつなつの青のけはしさ
雲まだ生れず

いのちの全けむ日には——ひびきくる樟の葉
もれ陽　友どちの声

樟わか葉椎わか葉輝るみなづきの上総はわれを生みたる土地（ところ）

マスクとればやはらかににほふ木下闇仏像写真集をわれは見てをり

水瓶をかすかかたむけもたす指　風とほりゆく百済観音

如意輪観音のお顔の奥より透けてくる柩の母のしづく死顔

若葉むつと萌えたちにほひ　ああ今日は暗か
らむ中宮寺をめぐる池水

にじむやうに母の死顔のうかびきてまた沈み
たり若葉濃き日よ

しろじろと椎の若葉の香を吸ひぬわれは死者に触れし者として

雨女たりし毛髪もほそくなり西空はるかな雷鳴をきく

一晩中イヤホーンつけし耳の穴しめりてゐたり水草さわぐ

ひつじぐさの蕾はいまだ水隠れほーいほーいと子供の声す

なるこゆり　ほうちやくさう　あまどころ雫
のやうな花吊りさげて

ひそめゐし種子もつて深く帽かぶり座禅草ま
で来てすわりたり

近づいてはならぬと足を刺しゆきし極小蟻の
はげしき蟻酸

むらさきの条ひるがへし蝶が出づ　夏草叢も
夢をみるなり

翅のある生きものにのせ放ちたれば声はどこかで開くだらうか

ほの老いて昔の時が往き来するつめたき廊下睡蓮が咲く

あをあをと初夏の地上を見おろして光る般若
のやうな痩月

はじかみの

六月の生家の壁にひつそりと黴あらはるる家霊のごとく

生きつぎし族の気息こもれると黒き柱を撫でて夫いふ

畳の上に絨毯を敷き椅子に座す父母わかし昭和のはじめ

國防婦人會会長なりしおほ母のたいせつにせしティーカップセット

つね祖母に負けてうつむく母の顔おぼえてゐたり子供のわれは

ことさらに生姜好きなるわが家族　感傷癖あり多情の恨あり

はじかみのうすくれなゐをかりかりと嚙めば心に夕映えがくる

河童のめだま

じゅんさい池つぶりつぶりと水泡吐く夏のセシウム　ストロンチウム

半減期とふ時のながさにかかはらぬ睡蓮のはな水面に白し

睡蓮の葉の下ときに目玉みゆあかぐろき目玉河童のめだま

池底に欠け皿沈んでゐるが見ゆ　腐らぬもの
はいつまで白く

むかし亀に酒を飲ませてことほぎし　亀は吉(よ)
事(ごと)のつかひであれば

小川芋銭の河童すいすい脚ながれ手ながれ水
の世はすずしさう

髪を切れば怪(け)しき顔出づこの夏を河童のやう
にわれは痩せつつ

風の中しきりに蝶のとびゐたりあらがひひる
がへり大き黒翅(くろは)が

芙蓉の花しろきはももいろより遅くひらきは
じめて大きしろはな

うちがはを軽く軽くし生きるすべわれは得手なりわがままに老ゆ

髪さへも薄くなりきてをかしかり風媒花となる終りはよけれ

# 塩の味

父母失せてあかるすぎたる夏が来ぬコーヒー
の香にさへ激しくめまひ

古めいた灰色雲がねむりゐる夏の身体のしづかな谿間

糸とんぼ鳩尾あたりをつつきをり　ああいまわたしは淋しいのか

かなかなよ覚えてゐるか友と会ひ語らひ過ぎし夏の夕べを

手と口ばかり洗ひて暮らすこの世にはウイルス蔓延、人間（ひと）孤独にす

しつつこき肩凝りきえて今日は頭にしらじら
泡の花が咲きたり

戦争は塩に似るといふ塩の味知つたわれらの
今日原爆忌

殺された卵から孵つた鳥のやう終戦子われのたましひ冷感

いちめんの麦畑なりき　胸を病む父と散歩せし戦後の日々よ

胸の奥にしづかに息をしてゐたり生傷として
戦後の父が

ほがらかに万歳をして死んでゐる牛蛙よけ農
道走る

落ち梅のにほひ充ちたる樹の下にかがめばな
つかし団子虫くる

延命医療こばんで父は餓死したり　かなしき
父と思ふまじ、まじ

尿(しと)くさき晩年さへもいとほしく父に大きな桃の実供ふ

# 秋野

母はわが膚に恋しく父はわが背（せな）にひびきて秋
野あかるし

草の実を身につけ行けばなつかしい他界よわれも草族として

あかまんまいちめんに燃える花の野に風さむければ母をさがせり

あれがそなたの母と教へられたればいつしん
に陽炎の奥を見つめぬ

柩にはあきのきりん草の花が揺れ一輛車輛が
走つていつた

生まれしはたぶんこのあたりと草土を少し掘り母の骨を埋めたり

天上の雲がうごきて射しきたるひかりのなかに灰色蜆蝶（はいいろしじみ）

淡き陽に翅をひらきてうつとりと瑠璃をみせ
たりやまとしじみ蝶

はやぶさ2なにを知らせて来たるとも秋の宇
宙はふかぶかと青

たましひを思ひだしながら来たる野のどこか
で学校のチャイムが鳴れり

# Ⅲ

## 草衣・水衣

二〇二一年

わたしが通る

秋、われの机を窓の辺に置かむリルケは立って詩を書きしとか

秋の陽の机にいつしか眠りしか葱畑遠くゆく
われが見ゆ

石に彫つた神々や獣らののこれる道の秋のか
げろふ

矢切神社かたへの郵便局なくなりて見捨てら
れたるポストに手紙を

ひと恋しさは空気の中より降りくるか曼珠沙
華の花すでにわわけて

病魔病鬼を見張りつづけて古びたり青面金剛、わたしが通るぞ

埃かむつた供花はビニールしをれずにむざむざとあり赤花白花

赤人といふ万葉びとのうたの碑を過ぎつつ聞きぬ真間の井の音

消えのこる少女入水のものがたり　手児奈は永遠の美少女のまま

入水せし手児奈もしらず流れゆく江戸川に黄
の泡ぷくぷくと

恋しけば袖も振らむに　ふりむかず旗風がゆ
く江戸川河畔

むかう岸は帝釈天の題経寺　変化(へげ)のけむりの
立ちのぼる見ゆ

川甚のすつぽん料理はほろびたり江戸川堤葦
のゆふぐれ

夕つ風青し、青けれ葦原の風の中なるきのふや千年

あしはらのちいほのあきのみづほのくに古語のしらべは蛇のごとしも

とまと畑とコインランドリーとケアハウス並んでありて老人増える

この先はずつとビル街　灰じろき殺風景のかなた湾岸

有明のタワービルに雲かかり今日がんセンター へ行く弟よ

露谷

寒雲のぐんぐん逼る一日の果てにひとすぢた
ましひの朱

刈らざりし枯草の庭露しとどこの露谷(つゆだに)に夫と
棲みつつ

枯草を踏んで夜庭をすぎゆきしけだものの跡
を夫は嗅ぎをり

狼の、狐の、鹿の、牛馬(うしうま)の、鼠のこゑのなつかしき冬

怖ろしき、けれどをかしき未来なり死ぬときもわれマスクしてゐむ

あけがた師の夢をみて

夢の中の縁石に腰をおろしゐる標のやうな馬場先生と逢ふ

薄情な女弟子われを詫びたれば夏空のごとく笑ひたまひき

師はたふとし　人生をあらかた生きしのち深
くうべなふ馬鹿茸(ばかきのこ)われ

晩年の十年こそは派手やかに生きよと言へり
声いさぎよし

## 木の幸福

古書肆にもゆけず毛物（けもの）にくるまりて家籠る夫にありなれて冬

あかい紅葉きいろい紅葉に日が透きて木の幸
福にしみじみとをり

ことし黄のもみぢあまりに耀けば眼には無数
の凶ちかちかす

ひとつかみ梢にのこる公孫樹の葉　息つくごとに空に近づく

石蕗（つは）の花に妻をかさねて好みたる父なりしかど母は石蕗をこのまず

菊さむく咲きのこる庭に冬日射し存在感もろ
もろ透けてあやなし

## 大伯母と祖父

街道に沿ひて二すぢ店並びふるびにけりな大多喜の町

金看板の金がかすかに残りたる印判屋あり年の暮れなり

生薬(しやうやく)のにほふ身体におつとりと帯しめ在りし大伯母おもふ

ことばからことばの間（あひ）を春風がすぎゆくやう
なわれの大伯母

あとかたもなく大伯母の生家は消えはてて大
多喜の町は冬の中なり

人生は不可視の書物といひし人の夕映えふかき老いの体熱

あるだけの印判ぺたぺたしらかみに押して遊びき在りし日父と

われに名とはじめての印をたまひしは影の大きな静かな祖父（おほぢ）

おとなしい祖父なりしが抽斗に一山ほどの印判のこす

あかるたへ

数百万の死者をかかげて明けし春　たまきはる今日のいのちつめたし

葉ぼたんの白きレースの葉の叢に冬のひかり
は泡だちやまず

不安なる年明けにけり　朝闇を雉鳩は来て葉
ぼたんつつく

雑煮椀の蓋をあければやはらかに靄たちのぼりちちはは恋し

黒豆をつまむ箸より父や母やぞろぞろ昔があつまつてくる

やはらかく羽衣(うい)ひるがへし飛んでゆくかなし
い快感元日のゆめ

あかあかと柿の実のこる冬の空　鳥も人間も
どこに消えたか

されど春　長元坊はゆっくりと旋回しつつ上
空晴天

冬苺すすげば水に身ぶるひて心臓のごとくか
がやく、いとし

あかるたへ　冬の苺を盛りあげて不穏の春に
篝火ともす

## 滂沱の春

夢ふかく桜滂沱と散るなかを白馬駆けくる息
くるほしも

馬の顔みるみる膨れぼやけゆき目覚めてみれ
ばまた春の朝

まぎれなく凶なる夢とうたがはず歯をみがき
をりきりきりきり荒く

馬の歯は嗤つてゐるとも怒るとももいろ肉
の唇（くち）おしあげて

くれなゐの馬刺を昨夜食べにしを怒つてゐる
か馬のたましひ

生馬肉(なま)なんの匂ひもせざりしをむしろ淋しく思(も)ひかへしをり

股関節いたみくる冬　痛む日は透けてみえくるわが白骨図

芥川（あくたがは）龍之介の「馬の脚」のおぞましき記憶が
もどる黄塵ふる日

馬の脚を接がれし人間（ひと）の狂ほしさ　脚はわす
れず蒙古荒野を

筋力のにはかに衰へ坂道を喘ぎ登りぬ　小馬が欲しい

もう馬に跨ぐことなどできぬぞと夫老いていよいよ優しからざる

バナナかかげ朝日に雄たけびあげてゐる老(らう)ゴ
リラか今朝は機嫌よき夫

旅人のやうな顔をして隣室を出できし夫よな
に読んでゐし

人生は旅といふ　されば旅人の夫に峠の蕎麦
を食べさす

蕎麦すすりなにやら淋し　人生のくぬぎ林に
午後の薄雲

人間のいちばんの娯楽は人間につきるなり
ああ誰も彼も逢ひたい

新宿駅コンコースにて別れしが最期　キャメルの後ろ背が最期

雲上にてまた逢へるなどなきなれど　雲ひかり話したきこと多々

みつみつと死者をふくんでたまゆらの春はみづいろ無力の空よ

二十一世紀、天国もウイルスに感染す　鬱ふ
かく嚙めこの朝のパン

マドレーヌほのかに甘い貝殻を口挟むとも昔
かへらず

マドレーヌ　マグダレーナ　マグダラのマリア　こよひの黄金(きん)の洋梨(ラ・クレール)

こよひ食べむこの大いなる洋梨(やうなし)の黄金色のつめたき重さ

蜜の香に充ちて洋梨　卓上に横座りして誘ふごとし

梨ひとつ腐るに月の差してゐぬおそろしくなりしものの形はや　河野愛子

腐りゆく梨に月光の差すところ　河野愛子はなにを見たのか

ブランデー果肉にたらすはさびしさゆゑ今宵
は死者もちかづきて来ず

風の音（と）の遠いしののめの赤霞　変異ウイルス
またあらはれる

## 夜から昼へ

年たけて夜を眠れぬ者となり二丁目梅園の夜
梅みにゆく

寝しづまる道角ひとつ曲がりたればいちめん
の星　春あをくさし

夜間散歩、徘徊とどう違ふあたまのなかの地
図きえゆきて

闇なかに白梅(はくばい)しろくうきあがりしろがねの国
ありたるごとし

白梅はうきたち紅梅しづみこむ夜の梅林をふ
かぶかと吸ふ

ほしいままくしやみをすればほしいままマス
クが飛びぬウイルスもろとも

梅はコロナに冒されない?

にほひたつ白梅に紅梅ちりかかり人類憂ひの
夜を花ざかり

花ひとつふふめば脳にしみとほる春いちはや
きいのちの霊気

梅のはなみな小さけれ　しんしんと顔ふれゆ
けば幽谷かをる

たわいなく老いてしまつたわが顔を花はふしぎな夢として見む

花々は思ひ出もたずいさぎよし古代顔したこのしら梅も

*

星満天　まだ音楽になるまへの音ふりそそぐ
むなしきまでに

星々をつなぐ水路の水にほひ春の夜天はふか
みどりいろ

つるばらの徒長枝窓をたたきつつ部屋では宴
死者をかこみて

みつまたの別れて今日は三回忌母ゐなくなり
みつまたが咲く

ほろほろほろほろほろふれなばこぼる黄粉菓子た
ましひといふまぼろしの菓子

汝が子らもみな齢とりてはるかなり　回れば
椿ほたり　ほたり
マカロニサラダすきとかきらひとか昼の族（うから）は
仏壇を背に

駐車場を走るむくどりくちばしの朱あざやか
に春のまひるま

*

鬼あざみへへくそかづらの蔓の先とどかむと
して午後は過ぎたり

鬼あざみの大きひとかぶ千の針美しかりしが
今日はからびぬ

つゆくさのひたたかなしき青を見ぬマンション裏のちさき荒れ野に

つゆくさの花の草むらすきとほる大伯皇女のうたがきこゆる

やぶがらしに気泡のやうな花が満ちいろいろ
な蝶がかはるがはる来る

バスを待つ二十分の間にまつよひぐさ色ふか
めつつしをれはじめつ

永遠に来ることのないバスを待ち道端の草に
なりたりわれは

もしわたしが草類（さうるい）ならばこひるがほ人の足恋
ひみちばたに咲く

むんむんと群れていとしき雑草たち夜から昼へ　死から地上へ

## 巫鳥とオリーブ

しろじろと葉裏をかへすオリーブ園生き方か
へよといはれてゐたり

動かない生きものとして生きる樹の欅　青桐
夏樫の光（くわう）

樹の幹を小風がとほりぬけるときくすくすす笑
ひのきこえるやうな

かへるでの葉はゆれ柏はひるがへり夏笹叢は
さざめきわたる

大河原ハーブ園の午後しづかにて風ひるがへ
すオリーブの詩（うた）

オリーブの樹はしろじろと葉の裏を風にさらして翳りを放つ

ポポ　ポポと青鳩のこゑ古めけりオリーブの樹の中よりこぼる

青鳩は巫の鳥なれば古き世をくぐりぬけきて
われを見るらむ

眉唾さ、と声ひびかせて明るかりオリーブ林
をかけぬける風

いつしんに夕暮光(くわう)をあつめゐる樹の一日、われの一日のをはり

## 蝴蝶

揚羽蝶しやくなげの花房にぶらさがる南国の
蝶はさむがりなれば

黒く濃く黒蝶きたりひたひたと蜜吸ふめぐり
空気かげるを

しろ牡丹天つ日のやうにひらきをり　放心し
やすく生まれき蝶は

おもひびとあらざる五年、いや十年さぼてん
の花見つつ思へば

針山にさぼてん妖花をひらきつつ人生といふ
は居ごこちわるし

弓形(ゆみなり)のこころに見をりてらてらの八つ手わか葉に陽がふりそそぐ

世の中は泉のごとくわか葉してあかるくひびくコロナ四波(しは)、五波(ごは)

〈コロナ〉を生きぬく明日（あした）をものがたれ　く
るめく蝴蝶　真日はまみどり

赤坂もち

ふさふさと尻尾のやうな影を負ひ目ざめしと
おもふ朝はいつでも

起きれば　朝は嵐か雷(らい)はらみ泰山木の花ひるがへる

病篤き友をおもへり　今朝のわが古びし身体さへ罪ぶかく

友人・Sに

きみの買ふ赤坂もちのやはらかさ朝におもひ夕におもひ飯炊ぎ泣かゆ

老い生きる夫婦は二本の茅(かや)ににて単純にひとつの風に揺れ伏す

母の里の水にかへれるここちして冷酒しみと
ほる梅雨の身体を

口あたりよきさはやかさのみふえる世に少し
翳ある酒を愛して

蚕豆を食べつくすこと五十日枝豆とかはる青
梅雨の頃

あぢさゐの藍の手毬の三つ四つ青夕闇に母が
ゐたりき

泰山木咲く大空のふかき光かげしんしんとして鳥影もなし

夜の草

造成中の公園のなか通りきてまぼろしの池に
つきあたりたり

なつかしいカーブをみせて誘へる公園の径は
荒野で終はる

潮泡のやうに茅（ちがや）の揺れてをり　さらさら生き
むわが草衣（くさごろも）

身体にいくつ穴をあければすずしいか少年の
蝶はピアスひからせ

この青虫もアレルギーもつか弱弱しぎしぎし
の葉の上を動かず

どくだみの白の花群いつときにいつせいに咲
くこの夜の草

水衣脱ぐ

あしうらにひとつひとつの草が冷え　ああ眠りより穏やかな草地

山羊が食(は)む六月の朝のしろつめくさあかつめくさ　草は諦めない

ことしにはかにここに根づきて穂を揺らすへらおほばこは外来種とぞ

てつぱう百合かたむき咲ける　さびしさはほ
ととぎす鳴く空の草原

ほととぎす鏡のごとくひびく朝　こころ騒ぎ
て水衣（みづごろも）脱ぐ

草がおほひ雨が消しゆく日々の跡でんでん虫
ひとつゆつくりと這ふ

# あとがき

『水衣集』はわたしの十番目の歌集にあたります。二〇一九年から二〇二一年にかけての四五〇首あまりを、ほぼ編年体に収めてあります。この期間のはじめに母が亡くなりました。そしてその心が落ち着く間もなくコロナウイルス出現の危機に世界中が巻き込まれ、日常生活の範囲が極端に狭められ、人と会うことが難しい社会になりました。母の死とコロナウイルスによってわたしの日常の形は大きく変わりましたが、『水衣集』はその変化の三年間の歌の集ということになります。

「水衣」というのは能装束や狂言の蚊の衣装でもありますが、日常的には水仕事をする時のふだん着、粗衣ということです。この集の歌の製作期間である三年間、わたしはただ一度の墓参の旅のほかはまったく日常範囲から出ませんでした。こんなに動かなかった月日もわたしには珍しく、その意味で歌は日常の時間空間から生まれたものばかりです。『水衣集』という歌集名の由来です。

このところ月の三分の一ほどは生家のある里山に暮らしています。母の死後も相変わらず都市と里山を往還する暮らしをつづけているわけですが、それは空き家になった家を守るという意味よりも、もっと積極的に樹や草や風とともに在る心地よさに身体が反応してしまうからといったほうが正確です。そこで日々発見する草木のみずみずしさやまがまがしさが、これまでの風景の記憶や想念などを呼び起こすことになり、歳を重ねた今のわたしにはそうしたことが何より大切に思えてきました。

暮らしの息づかいが失われると、家を囲む雑草の勢いはみるみる強くなり、丈高い草や木の枝の伸び茂った庭は、徐々に森に帰っていく気配を濃厚に見せはじめます。人間を拒む情景になる速度は、家よりも庭の方が顕著であることを体験として知りました。そのことがまた、風景とともにいる自身の生の想念を深めたようにも思っています。

生涯の師である馬場あき子先生にあらためて感謝と御礼を申し上げます。コロナの感染が広まって以来、先生にはまったくお会いできず、音容二つながら渺茫という日々ですが、その代わりに夢ではよくお会いするようになりました。夢の中の先生にも感謝と御礼を申し上げます。

また、長いつき合いの「かりん」の友人たちや歌の友、わたしの話を聴いてくれるカルチャー教室の仲間たちにも、心からの感謝を申します。

この歌集の出版のいっさいを砂子屋書房社主、田村雅之氏が引き受けてくださいました。ありがたく、深く感謝申し上げます。

装幀の倉本修氏にもあらためて御礼申し上げます。

二〇二一年七月一五日

日高堯子

歌集　水衣集（かりん叢書第三八二篇）

二〇二一年一〇月一五日初版発行

著　者　日高堯子

千葉県市川市北国分一―三四―一二（〒二七二―〇八三六）

発行者　田村雅之

発行所　砂子屋書房

東京都千代田区内神田三―四―七（〒一〇一―〇〇四七）

電話　〇三―三二五六―四七〇八　振替　〇〇一三〇―二―九七六三一

URL　http://www.sunagoya.com

組　版　はあどわあく

印　刷　長野印刷商工株式会社

製　本　渋谷文泉閣